INVENTAIRE
Y£ 6720

AF503461

SOPHONISBE,

TRAGÉDIE

DE MAIRET,

RÉPARÉE A NEUF.

Le prix est de 30 sols.

A PARIS

Chez la Veuve Duchesne, Libraire, rue Saint-Jacques,
au-dessous de la Fontaine S.-Benoît, au Temple du Goût.

M. DCC. LXX.

Avec Approbation & Privilége du Roi.

A MONSEIGNEUR
LE DUC
DE LA VALLIERE,
GRAND FAUCONIER DE FRANCE,
CHEVALIER DES ORDRES DU ROI, &c, &c.

MONSEIGNEUR,

QUOIQUE les Épîtres Dédicatoires aient la réputation d'être aussi ennuieuses qu'inutiles, souffrez pourtant que je vous offre la Sophonisbe de Mairet corrigée par un Amateur autrefois très-

a ij

connu. C'eft votre bien que je vous rends. Tout ce qui regarde l'Hiftoire du Théâtre vous appartient, après l'honneur que vous avez fait à la littérature Françaife, de préfider à l'Hiftoire du Théâtre la plus complette. Prefque tous les fujets des Pièces dont cette Hiftoire parle, ont été tirés de votre Bibliothèque, la plus curieufe de l'Europe en ce genre. Le Manufcrit de la Pièce qui vous eft dédiée vous manquait : il vient de M. Lantin, Auteur de plufieurs Poëmes finguliers qui n'ont pas été imprimés, mais que les Littérateurs confervent dans leurs porte-feuilles.

J'ai commencé par mettre ce Manufcrit parmi les vôtres. Perfonne ne jugera mieux que vous fi l'Auteur a rendu quelque fervice à la Scène Françaife, en habillant la Sophonifbe de Mairet à la moderne.

Il était trifte que l'Ouvrage de Mairet qui eut tant de réputation autrefois, fût abfolument exclu du Théâtre, & qu'il rebutât même tous les Lecteurs, non-feulement par les expreffions furannées, & par les familiarités qui déshonoraient alors la Scène, mais par quelques indécences que la pureté de notre Théâtre rend aujourd'hui intolérables. Il faut toujours se souvenir que cette Pièce, écrite long-temps avant le Cid, est la première qui apprit aux Français les règles de la Tragédie, & qui mit le Théâtre en honneur.

Il est très-remarquable qu'en France, ainsi qu'en Italie, l'Art Tragique ait commencé par une Sophonisbe. Georgio Trissino, Archevêque de Bénévent, voulant faire passer ce grand Art de la Grèce chez ses Compatriotes, choisit le sujet de Sophonisbe pour son coup d'essai plus de cent ans avant Mairet. Sa Tragédie, ornée de Chœurs, fut représentée à Vicenza dès l'an 1514, avec une magnificence digne du plus beau siécle de l'Italie.

Notre émulation se borna, près de cinquante ans après, à la traduire en Prose; & quelle Prose encore! Vous avez, Monseigneur, cette traduction faite par Mélin de Saint-Gelais. Nous n'étions dignes alors de rien traduire ni en Prose ni en Vers. Notre Langue n'était pas formée, elle ne le fut que par nos premiers Académiciens; & il n'y avait point d'Académie encore quand Mairet travailla.

Dans cette barbarie, il commença par imiter les Italiens, il conçut les préceptes qu'ils avaient tous suivis ; les unités de lieu, de temps & d'action furent scrupuleusement observées dans sa Sophonisbe. Elle fut composée dès l'an 1629, & jouée en 1633. Une faible aurore de bon goût commençait à naître. Les indignes bouffonneries dont l'Espagne & l'Angleterre salissaient souvent leur Scène tragique, furent proscrites par Mairet ; mais il ne put chasser je ne sais quelle familiarité comique, qui était d'autant plus à la mode alors que ce genre est plus facile, & qu'on a pour excuse de pouvoir dire, *cela est naturel*. Ces naïvetés furent long-temps en possession du Théâtre en France.

Vous trouverez dans la premiere édition du Cid, composé long-temps après la Sophonisbe :

A de plus hauts partis ce beau fils doit prétendre.

Et dans Cinna :

Vous m'aviez bien promis des conseils d'une femme.

Ainsi, il ne faut pas s'étonner que le style de Mairet, qui nous choque tant aujourd'hui, ne révoltât personne de son temps.

Corneille surpassa Mairet en tout, mais il ne le fit point oublier ; & même, quand il voulut traiter le fujet de Sophonifbe, le Public donna la préférence à l'ancienne Tragédie de Mairet.

Vous avez fouvent dit, Monfeigneur ; la raifon de cette préférence ; c'eft qu'il y a un grand fond d'intérêt dans la Pièce de Mairet, & aucun dans celle de Corneille. La fin de l'ancienne Sophonifbe eft fur-tout admirable : c'eft un coup de Théâtre, & le plus beau qui fût alors.

Je crois donc vous préfenter un hommage digne de vous, en reffufcitant la meré de toutes les Tragédies Françaifes, laiffée depuis quatre-vingts ans dans fon tombeau.

Ce n'eft pas que M. Lantin, en ranimant la Sophonifbe, lui ait laiffé tous fes traits ; mais enfin le fond eft entierement confervé. On y voit l'ancien amour de Maffiniffe & de la Veuve de Siphax ; la Lettre écrite par cette Carthaginoife à Maffiniffe ; la douleur de Siphax, fa mort ; tout le caractère de Scipion, la même cataftrophe, & fur-tout point d'épifode, point de rivale de Sophonifbe, point d'amour étranger dans la Pièce.

Je ne fais pourquoi M. Lantin n'a pas laiffé fubfifter ce Vers qui était autrefois dans la bouche de toute la Cour :

Sophonifbe en un jour voit, aime & fe marie.

Il tient, à la vérité, de cette naïveté comique dont je vous ai parlé ; mais il eft énergique, & il était confacré. On l'a retranché probablement parce qu'en effet il n'était pas vrai que Maffiniffe n'eût aimé Sophonifbe que le jour de la prife de Cirthe. Il l'avait aimée éperduement long-tems auparavant ; & un amour d'un moment n'intéreffe jamais : auffi c'eft Scipion qui prononçait ce Vers, & Scipion était mal informé.

Quoi qu'il en foit, c'eft à vous, Monfeigneur, & à vos amis, à décider fi cette premiere Tragédie réguliere qui ait paru fur le Théâtre de la France, mérite d'y remonter encore. Elle fit les délices de cette illuftre Maifon de Montmorency ; c'eft dans fon Hôtel qu'elle fut faite, c'eft la premiere Tragédie qui fut repréfentée devant Louis XIII. Meffieurs les premiers Gentilhommes de la Chambre, qui dirigent les Spectacles de la Cour, peuvent protéger ce premier monument de la gloire littéraire de la France, & fe faire un plaifir de voir nos ruines réparées.

Le cinquiéme Acte eft trop court ; mais le cinquiéme

quiéme d'Athalie n'eſt pas beaucoup plus long. Et, d'ailleurs, peut-être vaut-il mieux avoir à ſe plaindre du peu que du trop. Peut-être la coutume de remplir tous les Actes de trois à quatre cents Vers entraîne-t-elle des langueurs & des inutilités?

Enfin, ſi on trouve qu'on puiſſe ajoûter quelque ornement à cet ancien Ouvrage, vous avez en France plus d'un génie naiſſant qui peut contribuer à décorer un monument reſpectable qui doit être cher à la Nation.

La réparation qu'on y a faite eſt déja fort ancienne elle-même, puiſqu'il y a plus de cinquante ans que M. Lantin eſt mort.

Je ne garantis pas (tout Éditeur que je ſuis) qu'il ait réuſſi dans tous les points ; je pourrais même prévoir qu'on lui reprochera de s'être trop écarté de ſon original ; mais je dois vous en laiſſer le jugement.

Comme M. Lantin a retouché la Sophoniſbe de Mairet, on pourra retoucher celle de M. Lantin. La même plume qui a corrigé le Venceſlas pourrait faire revivre auſſi la Sophoniſbe de Corneille, dont le fond eſt très-inférieur à celle de Mairet, mais dont on pourrait tirer de grandes beautés.

Nous avons des jeunes gens qui font très-bien des Vers fur des fujets affez inutiles. Ne pourrait-on pas employer leurs talens à foutenir l'honneur du Théâtre Français, en corrigeant Agéfilas, Attila, Suréna, Othon, Pulchérie, Pertharite, Œdipe, Médée, Don Sanche d'Arragon, la Toifon d'Or, Andromède ; enfin tant de Pièces de Corneille tombées dans un plus grand oubli que Sophonifbe, & qui ne furent jamais lûes de perfonne après leur chûte. Il n'y a pas jufqu'à Théodore qui ne pût être retouchée avec fuccès, en retranchant la proftitution de cette Héroïne dans un mauvais lieu. On pourrait même refaire quelques Scènes de Pompée, de Sertorius, des Horaces, & en retrancher d'autres, comme on a retranché entierement les rôles de Livie & de l'Infante dans fes meilleures Pièces : ce ferait à la fois rendre fervice à la mémoire de Corneille, & à la Scène Françaife, qui reprendrait une nouvelle vie. Cette entreprife ferait digne de votre protection, & même de celle du Miniftère.

Nous avons plus d'une ancienne Pièce, qui étant

corrigée, pourrait aller à la postérité. J'ose croire que l'Astrale de Quinaut, le Scévole de Durier, l'Amour tyrannique de Scudéry, bien rétablis au Théâtre, pourraient faire de prodigieux effets.

Le Théâtre est, de tous les Arts cultivés en France, celui qui, du consentement de tous les Etrangers, fait le plus d'honneur à notre patrie. Les Italiens sont encore nos Maîtres en Musique, en Peinture ; les Anglais en Philosophie ; mais dans l'Art des Sophocles, nous n'avons point de rivaux. Il est donc essentiel de protéger les talens par lesquels les Français sont au - dessus de tous les Peuples. Les sujets commencent à s'épuiser ; il faut donc remettre sur la Scène tous ceux qui ont été manqués, & dont il est aisé de tirer un grand parti.

Je soumets, comme je le dois, à vos lumières ces réflexions que mon zèle patriotique m'a dictées.

J'ai l'honneur d'être avec respect , &c.

PERSONNAGES.

SCIPION, Conful.

LÉLIE, Lieutenant de Scipion.

SIPHAX, Roi de Numidie.

SOPHONISBE, Fille d'Afdrubal, femme de Siphax.

MASSINISSE, Roi d'une partie de la Numidie.

ACTOR, attaché à Siphax & à Sophonisbe.

ALAMAR, Officier de Siphax.

PHÆDIME, Dame Numide attachée à Sophonisbe.

SOLDATS ROMAINS.
SOLDATS NUMIDES.
LICTEURS.

La Scène eft à Cirthe, dans une Salle du Château, depuis le commencement jufqu'à la fin.

SOPHONISBE,

SOPHONISBE,
TRAGÉDIE.

ACTE PREMIER.

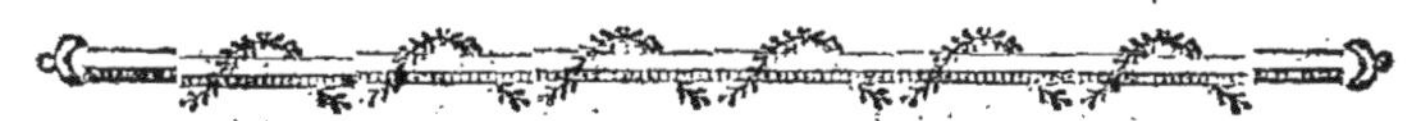

SCENE PREMIERE.

SIPHAX, *une Lettre à la main,* SOLDATS.

SIPHAX.

SE peut-il qu'à ce point l'ingrate me trahisse !
Sophonisbe ! ma femme ! écrire à Massinisse !
A l'ami des Romains ! Que dis-je ? à mon rival !
Au déserteur heureux du parti d'Annibal,
Qui me poursuit dans Cirthe , & qui bien-tôt peut-être
De mon trône usurpé sera l'indigne Maître !

A

SOPHONISBE,

J'ai vécu trop long-temps. — O vieilleſſe ! ô deſtins !
Ah ! que nos derniers jours ſont rarement ſereins !
Que tout ſert à ternir notre grandeur premiere,
Et qu'avec amertume on finit ſa carriere !
A mes ſujets laſſés ma vie eſt un fardeau,
On inſulte à mon âge, on ouvre mon tombeau.
Lâches ! j'y deſcendrai, mais non pas ſans vengeance.
(*Aux Soldats.*)
Que la Reine à l'inſtant paraiſſe en ma préſence.

       (*Il s'aſſied, & lit la Lettre.*)

Qu'on l'amene, vous dis-je. —— Époux infortuné,
Vieux Soldat qu'on trahit, Monarque abandonné,
Quel fruit peux-tu tirer de ta fureur jalouſe ?
Seras-tu moins à plaindre en perdant ton Épouſe ?
Cet objet criminel à tes pieds immolé,
Raffermira-t-il mieux ton Empire ébranlé ?
Dans la mort d'une femme eſt-il donc quelque gloire ?
Eſt-ce là tout l'honneur qui reſte à ta mémoire ?
Venge-toi d'un rival, venge-toi des Romains ;
Ranime dans leur ſang tes languiſſantes mains :
Va finir ſur la brèche un deſtin qui t'accable.
Qu'on te trahiſſe ou non, ta mort eſt honorable.
Et l'on dira du moins, en reſpectant mon nom,
Il mourut en ſoldat des mains de Scipion.

SCENE II.

SIPHAX, SOPHONISBE, PHÆDIME.

SOPHONISBE.

Qu E voulez-vous, Siphax, & quelle tyrannie
Traîne ici votre épouse avec ignominie ?
Vos Numides tremblants, courageux contre moi,
Pour la premiere fois ont bien servi leur Roi !
A votre ordre suprême ils ont été dociles,
Peut-être sur nos murs ils seraient plus utiles.
Mais vous les employez dans votre tribunal
A conduire à vos pieds la niéce d'Annibal !
Je conçois leur valeur, & je lui rends justice.
Quel est mon crime enfin ? quel sera mon supplice ?

SIPHAX, *lui donnant la Lettre.*

Connaissez votre seing. Rougissez & tremblez.

SOPHONISBE.

Dans les malheurs communs qui nous ont désolés
J'ai frémi, j'ai pleuré de voir la Numidie
Aux fiers brigands du Tibre en deux mois asservie.
Scipion, Massinisse, ont gagné des combats ;
J'en ai rougi ; Seigneur, & je ne tremble pas.

SIPHAX.

Perfide !

SOPHONISBE.

Épargnez-moi cette injure odieuse,

Pour vous, pour votre femme également honteufe.
Nos murs font affiégés ; vous n'avez plus d'appui ;
Et le dernier affaut fe prépare aujourd'hui.
J'écris à Maffiniffe en cette conjonéture,
Je rappelle à fon cœur les droits de la nature.
Les nœuds trop oubliés du fang qui nous unit ;
Seigneur, fi vous l'ofez, condamnez cet écrit.
[*Elle lit.*]

. . : . . . .

. . . .

‟ Vous fervez des Romains, vous fecondez leurs armes,
‟ Et vous défefpérez vos parents malheureux.
‟ Méritez vos fuccès en étant généreux :
‟ C'eft trop faire couler & le fang & les larmes.
Eh bien ! ai-je trahi ma Ville & mon époux ?
Eft-il temps d'écouter des fentiments jaloux ?
Répondez : quel reproche avez-vous à me faire ?
La fortune, en tout temps à tous deux trop fevère,
A mis, pour mon malheur, ma Lettre en votre main.
Quel en était le but ? quel était mon deffein ?
Pouvez-vous l'ignorer & faut-il vous l'apprendre ?
Si la Ville aujourd'hui n'eft pas réduite en cendre,
S'il eft quelque reffource à nos calamités,
Sur ces murs tout fanglants je marche à vos côtés.
Aux yeux de Scipion, de Maffiniffe même,
Ma main joint des lauriers à votre diadême,
Elle combat pour vous ; & fur ce mur fatal
Elle arbore avec vous l'étendart d'Annibal.
Et fi jufqu'à la fin le Ciel vous abandonne,
Si vous êtes vaincu, je veux qu'on vous pardonne.

S I P H A X.

Qu'on me pardonne ! A moi ? De ce dernier affront

Votre indigne pitié voulait couvrir mon front !
Et, portant à ce point votre insultante audace,
C'est donc pour votre Roi que vous demandez grace ?
Allez, peut-être un jour vos funestes appas
L'imploreront pour vous, & ne l'obtiendront pas.
Massinisse, en tout temps mon fatal adversaire,
Et mon rival en tout, se flatta de vous plaire ;
Il m'osa disputer mon trône & votre cœur ;
C'est trahir notre hymen, votre foi, mon honneur,
Que de vous souvenir de son feu téméraire.
Vos soins injurieux redoublent ma colère ;
Et ce fatal aveu dont je me sens confus,
A mes yeux indignés n'est qu'un crime de plus.

                SOPHONISBE.

Seigneur, je ne veux point, dans l'état où vous êtes,
Fatiguer vos chagrins de plaintes indiscrettes.
Mais vos maux sont les miens ; qu'ils puissent vous tou-
        cher.
Ce n'est pas mon époux qui me doit reprocher
De l'avoir préféré (non sans quelque courage)
Au Vainqueur de l'Afrique, au Vainqueur de Carthage ;
D'avoir tout oublié pour suivre votre sort,
Et d'attendre avec vous l'esclavage ou la mort.
Massinisse m'aimait & j'aimais ma patrie.
Je vous donnai ma main, prenez encor ma vie.
Mais si je suis coupable en implorant pour vous
Le Vainqueur irrité dont vous êtes jaloux,
Si j'ai voulu fléchir sa colère implacable,
Si je veux vous sauver, la faute est excusable.
Vous avez, croyez-moi, des soins plus importants ;
Bannissez des soupçons, partage des amants,
Des cœurs efféminés dont l'oisive mollesse

                        A iij

Ne connaît d'intérêts que ceux de leur tendresse.
Un soin bien différent nous occupe en ce jour ;
Il s'agit de la vie , & non pas de l'amour.
Il n'est pas fait pour nous. Ecoutez , le temps presse.
Tandis que vos soupçons accusent ma faiblesse ,
Tandis que nous parlons , la mort est en ces lieux.

SIPHAX.

Je vais donc la chercher : je vais loin de vos yeux
Éteindre dans mon sang ma vie & mon outrage.
J'ai tout perdu ; les Dieux m'ont laissé mon courage.
Cessez de prendre soin de la fin de mes jours.
Carthage m'a promis un plus noble secours ;
Je l'attends à toute heure , il peut venir encore ;
Ce n'est pas mon rival qu'il faudra que j'implore.
Ne craignez rien pour moi : je sais sauver mes mains
Des fers de Massinisse , & des fers des Romains.
Sachez qu'un autre époux , & sur-tout un Numide
Ne mourrait qu'en frappant le cœur d'une perfide.
Vous l'êtes : j'ai des yeux. Le fond de votre cœur,
Quoi que vous en disiez , était pour mon vainqueur.
Je n'ai point , Sophonisbe , exigé de votre ame
Les dehors affectés d'une inutile flamme.
L'amour auprès de vous ne guida point mes pas ;
Je voulais un vrai zèle , & vous n'en avez pas.
Mais je sais mourir seul ; & ma derniere épée
D'un sang que j'ai chéri ne sera point trempée.
Tremblez que les Romains , plus barbares que moi,
Ne recherchent sur vous le sang de votre Roi.
Redoutez nos tyrans , & jusqu'à Massinisse.
Si leurs bras sont armés , c'est pour votre supplice.
C'est le sang d'Annibal que leur haîne poursuit ,
Ce jour est pour tous deux le dernier qui nous luit.
Je prodigue avec joie un vain reste de vie.

Je péris glorieux, —— & vous mourrez punie ;
Vous n'aurez en tombant que la honte & l'horreur
D'avoir prié pour moi mon fatal oppresseur.
Je cours aux murs sanglants que ses armes détruisent.
Laissez-moi, fuyez-moi ; vos remords me suffisent.

SOPHONISBE.

Non, Seigneur, malgré vous je marche sur vos pas ;
Vous m'accablez en vain, je ne vous quitte pas.
Je cherche autant que vous une mort glorieuse,
Vos malheureux soupçons la rendraient trop honteuse.
Je vous suis.

SIPHAX.

Demeurez, je l'ordonne : je pars ;
Le sang de votre époux ne veut point vos regards.

[*Il sort.*]

SCENE III.

SOPHONISBE, PHÆDIME.

SOPHONISBE.

AH ! Phædime !

PHÆDIME.

Il vous laisse & vous devez tout craindre.
Je vous vois tous les deux également à plaindre.
Mais Siphax est injuste.

SOPHONISBE.

Il sort, il a laissé
Dans ce cœur éperdu le trait qui l'a blessé.

A iv

J'ai cru, quand il parlait à sa femme éplorée,
Quand il me préfageait une mort affurée,
J'ai cru, je te l'avoue, entendre un Dieu vengeur,
Dévoilant l'avenir & lifant dans mon cœur,
Prononcer contre moi l'arrêt irrévocable
Qui dévoue au fupplice une tête coupable.

PHÆDIME.

Vous coupable ! Il l'était d'oublier aujourd'hui
Tout ce que Sophonisbe ofa faire pour lui.

SOPHONISBE.

J'ai tout fait. Cependant il m'a dit vrai, Phædime,
Dans les plis de mon ame il a cherché mon crime ;
Il l'a trouvé peut - être ; & ce trifte entretien
Ne m'annonce que trop fon défaftre & le mien.

PHÆDIME.

Son malheur l'aigriffait ; il vous rendra juftice.
Sa haîne contre Rome & contre Maffiniffe
Empoifonnait fon cœur déja trop foupçonneux.
Lui-même en rougira, s'il eft moins malheureux.
Il voit la mort de près ; & l'efprit le plus ferme
Peut fe fentir troublé quand il touche à ce terme.
Mais fi quelque fuccès fecondait fa valeur,
Si du fier Scipion, Siphax était vainqueur,
Vous verriez aifément fon amitié renaître.
Il doit vous refpecter, puifqu'il doit vous connaître.
Vos charmes fur fon cœur ont été trop puiffants ;
Ils le feront toujours.

SOPHONISBE.

Phædime, il n'eft plus tems.
Je vois de tous les deux la deftinée affreufe :
Il s'avance au trépas. —— Je fuis plus malheureufe

PHÆDIME.

Efpérez. —

SOPHONISBE.

J'ai perdu mes états, mon repos,
L'eftime d'un époux, & l'amour d'un Héros.
Je fuis déja captive, & dans ce jour peut-être
Il faut tendre les mains aux fers d'un nouveau Maître,
Et recevoir des loix d'un amant indigné,
Qui m'eut rendue heureufe — & que j'ai dédaigné.
Quand ce fier Maffiniffe, oppreffeur de Carthage,
Me préfentait dans Cirthe un féduifant hommage,
Tu fais que j'étouffai, dans mon fecret ennui,
L'intérêt & le fang qui me parlaient pour lui.
Te dirai-je encor plus ? j'étouffai l'amour même :
Je foutins contre moi l'honneur du diadême.
Je demeurai fidelle à mon pere Afdrubal,
A Carthage, à Siphax, aux deftins d'Annibal.
L'amour fuit de mon ame aux cris de ma patrie.
D'un amant irrité je bravai la furie.
Un front cicatrifé par la guerre & le tems
Éffarouchait en vain mon cœur & mes beaux ans.
L'ennemi des Romains obtint la préférence.
   Maffiniffe revient armé de la vengeance ;
Il entre en nos États, la Victoire le fuit ;
Aidé de Scipion fon bras a tout détruit :
Dans Cirthe enfanglantée un foible mur nous refte.
   A quels Dieux recourir dans ce péril funefte ?
Etait-ce un fi grand crime, était-il fi honteux
D'avoir cru Maffiniffe & noble, & généreux ?
D'avoir pour mon époux imploré fa clémence ?
Dans mon illufion j'avais quelque efpérance,
Ma priere & mes pleurs auraient pu le flatter.

Mais il ne saura pas ce que j'ofais tenter ;
Et, pour unique fruit d'un foin trop magnanime,
Mon époux me condamne, & mon amant m'opprime.
Tous deux font contre moi, tous deux réglent mon fort,
Et je n'attends ici que l'opprobre ou la mort.

SCENE IV.

SOPHONISBE, PHÆDIME, ACTOR.

ACTOR.

REINE, dans ce moment le fecours de Carthage
Sous nos remparts fanglants s'eft ouvert un paffage.
On eft aux mains. Ces lieux qui retenaient vos pas
Sont trop près du carnage, & du champ des combats.
Le Roi, couvert de fang, m'ordonne de vous dire
Que loin de ce palais vous vous laiffiez conduire.
J'obéis.

SOPHONISBE.

Je vous fuis, Actor ; vous lui direz
Que fes ordres pour moi feront toujours facrés ;
Mais que, dans les moments où le combat s'engage,
M'éloigner du danger, c'eft trop me faire outrage.
Que deviendrai-je ? Ciel ! & quel eft fon deffein ?
Suis-je ici prifonniere ? ô rigueurs ! ô deftin !
Que me préparez-vous dans ce jour de vengeance ?
Le Ciel me ravit tout, & jufqu'à l'efpérance.

Fin du premier Acte.

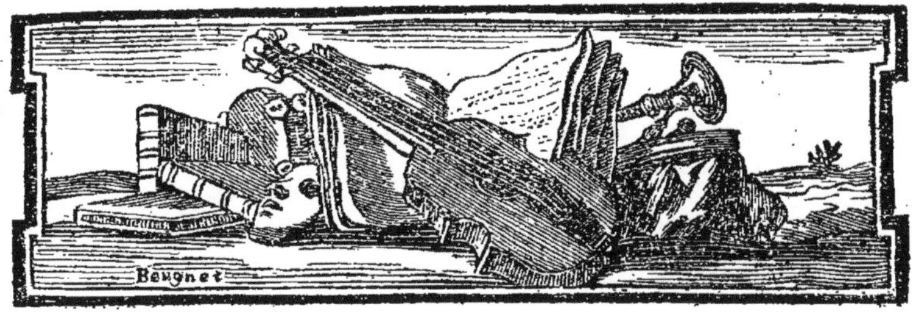

ACTE II.

SCENE PREMIERE.

SOPHONISBE, PHÆDIME.

PHÆDIME.

QUEL tumulte effroyable au loin se fait entendre?
Quels feux sont allumés? la Ville est-elle en cendre?
Ceux qui veillaient sur vous se sont tous écartés.
  Dans ces Sallons déserts, ouverts de tous côtés,
Il ne vous reste plus que des femmes tremblantes,
Aux pieds des ces autels avec moi gémissantes.
Nous rappellons en vain par nos cris, par nos pleurs,
Des Dieux qui sont passés dans le camp des vainqueurs.

SOPHONISBE.

Leurs plaintes, leurs douleurs ont amolli mon ame.
Tous mes sens sont troublés; je sens que je suis femme.
Ce moment effrayant m'accable ainsi que toi.
Le sang que vingt Héros ont transmis jusqu'à moi
Dégénère aujourd'hui dans mes veines glacées;
Le désordre & la crainte agitent mes pensées.

J'ai voulu pénétrer dans ces sombres détours
Qui du pied du palais conduisent à nos tours :
Tout est fermé pour moi. Je marchais égarée,
L'ombre de mon époux à mes yeux s'est montrée,
Pâle, sanglante, horrible, & l'air plus furieux
Que lorsque son courroux m'outrageait à tes yeux.
Est-ce une illusion sur mes sens répandue ?
Est-ce la main des Dieux sur ma tête étendue,
Un présage, un arrêt de l'enfer & du fort ?
Siphax en ce moment est-il vivant ou mort ?
J'ai fui d'un pas tremblant, éperdue, éplorée.
Je ne sais où j'étais, quand je t'ai rencontrée ;
Je ne sais où je vais. Tout m'allarme & me nuit,
Et je crois voir encore un Dieu qui me poursuit.
Que veux-tu, Dieu cruel ? Euménide implacable,
Frappe, voilà mon cœur : —— il n'était point coupable.
Tu n'y peux découvrir qu'un malheureux amour,
Vaincu dès sa naissance & banni sans retour.
Je n'offensai jamais l'hymen & la nature.
Grand Dieu ! tu peux frapper ; —— va, ta victime est pure.

P H Æ D I M E.

Ah ! nous allons du Ciel savoir les volontés.
Déja d'un bruit nouveau dans ces murs désertés,
Jusqu'à notre prison les voûtes retentissent,
Et sous leurs gonds d'airain les portes en mugissent. ——
On entre, on vient à vous : —— je reconnais Actor.

SCENE II.

SOPHONISBE, PHÆDIME, ACTOR.

SOPHONISBE.

Ministre de mon Roi, qui vous amène encor?
Qu'a-t-on fait? que deviens-je? & de quelles nouvelles
Venez vous m'affliger?

ACTOR.

Elles font bien cruelles.
Par l'ordre de Siphax, à l'abri de ces tours,
A peine en fûreté j'avais mis vos beaux jours,
Et j'avais refermé la barriere facrée,
Par qui, de ce Palais, la ville eft féparée;
J'ai revolé foudain vers ce Roi malheureux,
Digne d'un meilleur fort, & digne de vos vœux;
Son courage, auffi grand qu'il était inutile,
D'un effort paffager foutint fon bras débile.
Sur la brèche à la fin, de cent coups renverfé,
Dans fes débris fanglants il tombe terraffé.
Il meurt.

SOPHONISBE.

Ah! je devais, plus que lui pourfuivie,
Tomber à fes côtés, ainfi que ma patrie.
Il ne l'a pas voulu.

ACTOR.

Si dans un tel malheur
Quelque foulagement refte à notre douleur,

Daignez apprendre au moins combien, dans sa victoire,
Le jeune Massinisse a mérité de gloire.
Qui croirait qu'un Héros si fier, si redouté,
Dont l'Afrique a tant craint le courage emporté,
Et dont l'esprit superbe a tant de violence,
Dans l'horreur du combat aurait tant de clémence?
A peine il s'est vu Maître, il nous a pardonné.
De blessés, de mourants, de morts environné,
Il a donné soudain, de sa main triomphante,
Le signal de la paix au sein de l'épouvante.
Le carnage & la mort s'arrêtent à sa voix.
Le peuple encor tremblant lui demande des loix,
Tant le cœur des humains change avec la fortune.

SOPHONISBE.

Le Ciel semble adoucir la misere commune,
Puisqu'au moins le pouvoir est remis dans les mains
D'un Prince de ma race, & non pas des Romains.

ACTOR.

Le juste & premier soin de l'heureux Massinisse
Est d'appaiser les Dieux par un prompt sacrifice;
De dresser un bucher à votre auguste époux.
Il garde obstinément le silence sur vous;
Mais dès que j'ai paru, Madame, en sa présence,
Il s'est ressouvenu qu'autrefois son enfance
Fut remise en mes mains dans ces murs, dans ces lieux
Où ce Prince aujourd'hui rentre en victorieux.
Il m'a fait appeller; & respectant mon zèle
Au malheureux Siphax en tous les tems fidèle,
Il m'a comblé d'honneurs. Ayez, dit-il, pour moi
Cette même amitié qui servit votre Roi.
Enfin, à Siphax même il a donné des larmes.
Il justifie en tout le succès de ses armes.

Il répand des bienfaits, s'il fait des malheureux.

SOPHONISBE.

Plus Massinisse est grand, plus mon sort est affreux.
Quoi ! les Carthaginois que je crus invincibles,
Sous les chefs de ma race à Rome si terribles,
Qui jusqu'au Capitole avaient porté leurs pas,
Ont paru devant Cirthe, & ne la sauvent pas !

ACTOR.

Scipion les a joints ; il ne sont plus.

SOPHONISBE.

                Carthage,
Tu seras comme moi réduite à l'esclavage.
Nous périrons ensemble. —— ô Cirthe ! ô mon époux !
Afrique, Asie, Europe, immolés avec nous !
Le sort des Scipions est donc de tout détruire !

ACTOR.

Annibal vit encor.

SOPHONISBE.

         Ah ! tout sert à me nuire.
Annibal est trop loin. Je suis esclave.

ACTOR.

                O Dieux !
Fléchissez Massinisse. —— Il avance en ces lieux.
Il vient suivi des siens : —— il vous cherche peut-être.

SOPHONISBE.

Mes yeux, mes tristes yeux ne verront point un Maître.
Ils pleureront Siphax, & nos murs abattus,
Et ma gloire passée, & tous mes Dieux vaincus.

                     (*Elle sort.*)

SCENE III.

MASSINISSE, ALAMAR, un des Chefs Numides, **ACTOR**, Guerriers Numides.

MASSINISSE.

ACTOR, je vous revois, dans ce jour si prospère,
Avec les yeux d'un fils qui retrouve son pere.
Je vous prends à témoin si l'inhumanité
A souillé ma victoire & ma félicité ;
Si, triste imitateur des vengeances Romaines,
J'ai parlé de tributs, de triomphes, de chaînes ;
De guerriers généreux par la mort épargnés,
Comme de vils troupeaux à mon char enchaînés,
A Jupiter Stateur offerts en sacrifice,
Et dans d'affreux cachots gardés pour le supplice.
   Je viens dans mon pays, & j'y reprends mon bien.
En soldat, en Monarque, & plus en citoyen.
Je ramène avec moi la liberté Numide.
D'où vient que Sophonisbe, orgueilleuse ou timide,
Refusant seule ici d'accueillir un vainqueur,
Craint toujours Massinisse, & fuit avec horreur ?
Suis-je un Romain ?

ACTOR.

      Seigneur, on la verra sans doute
Révérer avec nous la main qu'elle redoute.
Mais vous savez assez tout ce qu'elle a perdu.

Le

Le sang de son époux est par vous répandu,
Et n'osant regarder son vainqueur & son juge,
Aux pieds des Immortels elle cherche un refuge.

MASSINISSE.

Ils l'ont mal défendue : & , pour vous dire plus,
Ils l'ont mal inspirée , alors que ses refus,
Ses outrages honteux au sang de Massinisse,
Sous ses pas égarés creusaient ce précipice :
Elle y tombe , elle en doit accuser son erreur.
Ah ! c'est bien malgré moi qu'elle a fait son malheur.
Allez , & dites-lui qu'il est peu de prudence
A dédaigner un Maître , à braver sa puissance.

(Act or sort.)

(A ses guerriers.)

Eh bien ! nobles guerriers , chers appuis de mes droits,
Cirthe est elle tranquile ? a-t-on suivi mes loix ?
Un seul des Citoyens aurait-il à se plaindre ?

ALAMAR.

Sous votre loi , Seigneur , ils n'auraient rien à craindre ;
Mais on craint les Romains , ces cruels conquérants,
De tant de Nations ces illustres tyrans ,
Descendans prétendus du grand Dieu de la guerre,
Qui pensent être nés pour asservir la terre.
On dit que Scipion veut s'arroger le prix
De tant d'heureux travaux par vos mains entrepris ;
Qu'il veut seul commander.

MASSINISSE.

          Qui ? lui ! dans mon partage,
Dans Cirthe mon pays , mon premier héritage !
Lui , mon ami , mon guide , & qui m'a tout promis !

ALAMAR.

Lorsque Rome a parlé , les Rois n'ont plus d'amis.

          B

MASSINISSE.

Nous verrons; j'ai vaincu, je suis dans mon Empire,
Je régne, & je suis las, puisqu'il faut vous le dire,
Des hauteurs d'un Sénat qui croit me protéger,
Sur son fier tribunal assis pour me juger:.
C'en est trop.

ALAMAR.

Cependant, nous devons vous apprendre
Qu'au milieu des débris, des remparts mis en cendre,
Au lieu même où Siphax est mort en combattant,
Nous avons retrouvé ce billet tout sanglant,
Qui peut-être aujourd'hui fut écrit pour vous-même.

MASSINISSE.

Donnez. — Ah! qu'ai-je lu ? — Ciel! ô surprise extrême!
Sophonisbe à ma gloire enfin se confiait!
A fléchir son amant sa fierté se pliait!
Elle a connu mon ame, elle a vaincu la sienne.
Ses yeux se sont ouverts; & sa fatale haîne,
Que je vis si long-tems contre moi s'obstiner,
Mé croiait assez grand pour savoir pardonner!
Épouse de Siphax, tu m'as rendu justice.
Ta Lettre a mis le comble à mon destin propice.
Ta main ceignait mon front de ce laurier nouveau.
Romains, vous n'avez point de triomphe plus beau. —
Courons vers Sophonisbe. — Ah! je la vois paraître.

SCENE IV.

SOPHONISBE, MASSINISSE, PHÆDIME, GARDES.

SOPHONISBE.

SI le fort eût voulu qu'un Romain fût mon Maître ;
Si j'euſſe été réduite en un tel abandon,
Qu'il m'eût fallu prier Lélie ou Scipion,
La veuve d'un Monarque, à ſa gloire fidelle,
Aurait choiſi cent fois la mort la plus cruelle,
Plutôt que de forcer ma bouche à le fléchir.
Seigneur, à vos genoux je tombe ſans rougir.
   (*Maſſiniſſe l'empêche de ſe jetter à genoux.*)
Ne me retenez point, & laiſſez mon courage
S'honorer de vous rendre un légitime hommage ;
Non pas à vos ſuccès, non pas à la terreur
Qui marchait devant vous, que ſuivait la fureur,
Et qui vous a donné cette grande victoire ;
Mais au cœur généreux ſi digne de ſa gloire,
Qui, de ſes ennemis reſpectant la vertu,
A plaint ſon rival même, a fait ce que j'ai dû ;
Du malheureux Siphax a recueilli la cendre ;
Qui partage les pleurs que ſa main fait répandre ;
Qui ſoumet les vaincus à force de bienfaits ;
Et dont j'aurais voulu ne me plaindre jamais.

MASSINISSE.

C'eſt vous, auguſte Reine, en tout temps révérée,

       B ij

Qui m'avez du devoir tracé la loi facrée ;
Et je conferverai jufqu'au dernier moment
De vos nobles leçonsce digne monument.
La Lettre que tantôt vous m'aviez adreffée ,
Par la faveur des Dieux fur la brèche laiffée ,
Remife en mon pouvoir , eft plus chere à mon cœur
Que le bandeau des Rois , & le nom de vainqueur.

SOPHONISBE.

Quoi ! Seigneur , jufqu'à vous ma Lettre eft parvenue !
Et par tant de bontés vous m'aviez prévenue !

MASSINISSE.

J'ai voulu défarmer votre injufte courroux.

SOPHONISBE.

Je n'ai plus qu'une grace à prétendre de vous.

MASSINISSE.

Parlez.

SOPHONISBE.

Je la demande au nom de ma patrie ,
Du fang de mon époux , qui s'éleve & qui crie,
De votre honneur fur-tout , & des Rois nos aieux,
Qui parlent par ma voix , & vivent dans nous deux.]
Jurez-moi feulement de ne jamais permettre
Qu'au pouvoir des Romains on ofe me remettre.

MASSINISSE.

Je le jure par vous , pour vous dire encor plus :
Sophonifbe n'eft pas au nombre des vaincus.
Je commande dans Cirthe , & c'eft affez vous dire
Que les Romains fur vous n'ont point ici d'empire,

SOPHONISBE.

En vous le demandant je n'en ai point douté.

MASSINISSE.

Je fais qu'ils font jaloux de leur autorité ;

Mais ils n'auront jamais l'audace téméraire
D'outrager un ami qui leur eſt néceſſaire.
Allez , ne croyez pas qu'ils puiſſent m'avilir.
Je ſaurai les braver , ſi j'ai ſu les ſervir.
Ils vous reſpecteront ; vos frayeurs ſont injuſtes.
Vous avez atteſté tous ces mânes auguſtes ,
Tous ces Rois dont le ſang , dans nos veines tranſmis ,
S'indigna ſi long-téms de nous voir ennemis.
Je les prends à témoin , & c'eſt pour vous apprendre
Que j'ai pu comme vous mériter d'en deſcendre.
La nièce d'Annibal , & la veuve d'un Roi ,
N'eſt captive en ces lieux des Romains ni de moi.
Mon front en rougirait. Je ſais que cet uſage ,
Eſt conſacré dans Rome & commun dans Carthage.
Il finirait pour vous , ſi je l'avais ſuivi.
Le ſang dont vous ſortez n'aura jamais ſervi.
Ce front n'était formé que pour le diadême.

Gardez dans ce Palais l'honneur du rang ſuprême.
Ne penſez pas ſur-tout qu'en ces triſtes moments ,
Mon cœur laiſſe éclater ſes premiers ſentiments.
Je n'en rappelle point la déplorable hiſtoire ;
Je ſais trop reſpecter vos malheurs & ma gloire ;
Ne regardez en moi qu'un vainqueur à vos pieds.
Madame , il me ſuffit que vous me connaiſſiez.
Vous me rendrez juſtice , & c'eſt ma récompenſe.

A mes nouveaux ſujets je cours en diligence
Leur annoncer un bien qu'ils ſemblent demander ,
Et que déja leur Maître eût dû leur accorder.
Ils vont renouveller leur hommage à leur Reine.
Sophoniſbe en tous lieux eſt toujours ſouveraine.

SCENE V.

SOPHONISBE, PHÆDIME.

SOPHONISBE.

JE demeure interdite. Un fi grand changement
A faifi mes efprits d'un long étonnement.
Que je l'ai mal connu ! —— Faut-il qu'un fi grand homme
Ait détruit mon païs & qu'il ait fervi Rome !
Tous mes fens font ravis ; mais ils font effrayés.
Scipion dans nos murs, Maffiniffe à mes pieds,
Sophonisbe en un jour captive & triomphante,
L'ombre de mon époux terrible & menaçante,
Le comble des horreurs & des profpérités,
Les fers, le diadême à mes yeux préfentés ;
Ce rapide torrent de fortunes contraires
Me laiffe encor douter de mes deftins profpères.

PHÆDIME.

Ah ! croyez-en du moins le pouvoir de vos yeux.
S'il refpecte dans vous le nom de vos aïeux,
S'il dépofe à vos pieds l'orgueil de fa conquête,
Et les lauriers fanglants qui couronnent fa tête,
Peut-être un feul regard a plus fait fur fon cœur
Que toutes les vertus, l'alliance & l'honneur.
Mais ces vertus enfin que dans Cirthe on admire,
Qui fur tous les efptits lui donnent tant d'empire,
Autorifent les feux que vous vous reprochiez,
La gloire qui le fuit les a juftifiés.

Non, ce n'eſt pas aſſez que dans Cirthe étonnée
Vous viviez ſous le nom de Reine détrônée,
Qu'on vous laiſſe un vain titre, & qu'un bandeau Roïal
D'un front chargé d'ennuis ſoit l'ornement fatal.
La pitié peut donner ces honneurs inutiles,
D'un malheur véritable amuſements ſtériles.
L'amour ira plus loin ; j'oſe vous en flatter.
Siphax eſt au tombeau....

SOPHONISBE.

Ceſſe de m'inſulter ;
Ne me préſente point ce qui me déshonore :
Tu parles à ſa veuve, & ſon ſang fume encore.
Son ombre me menace. Un pareil ſouvenir
L'appelle à la vengeance & l'invite à punir.
Phædime, il faut enfin t'ouvrir toute mon ame ;
Oui, je t'ai fait l'aveu de ma fatale flamme ;
Oui, ce feu, ſi long-temps dans mon ſein renfermé,
S'eſt avec violence aujourd'hui rallumé.
Peut-être on m'aime encore ; & j'oſerais le croire ;
Je pourrais me flatter d'une telle victoire.
Tu me verrais goûter ce ſuprême bonheur
De partager ſon trône & d'avoir tout ſon cœur.
Ma flamme déclarée, & ſi long-temps ſecrette,
Ma gloire en ſûreté, ma fierté ſatisfaite,
Maſſiniſſe en mes bras ſerait d'un plus grand prix
Que l'Empire du monde aux Romains tant promis.
Mais je vais, s'il ſe peut, t'étonner davantage.
Malgré l'illuſion d'un ſi cher avantage,
Et malgré tout l'amour dont je reſſens les coups,
Maſſiniſſe jamais ne ſera mon époux.

PHÆDIME.

Et pourquoi, s'il le veut ?

SCENE VI.

SOPHONISBE, PHÆDIME, ACTOR.

ACTOR.

Reine, il faut vous apprendre
Qu'un insolent Romain vient ici de se rendre.
On le nomme Lélie : & le bruit se répand
Qu'il est de Scipion le premier Lieutenant.
Sa Suite avec mépris nous insulte & nous brave ;
Des Romains, disent-ils, Sophonisbe est l'esclave.
Leur fierté nous vantait je ne sais quel Sénat,
Des Préteurs, des Tribuns, l'honneur du Consulat,
La majesté de Rome ; &, sans plus les entendre,
Je reviens à vos pieds périr ou vous défendre.

SOPHONISBE.

Brave & fidèle ami, je compte sur ta foi,
Sur les serments sacrés de notre nouveau Roi,
Sur Sophonisbe même ; & ce nouvel orage
Pourra m'ôter la vie, & non pas mon courage.

ACTOR.

Que de maux à la fois accumulés sur nous !

SOPHONISBE.

Actor, quand il le faut, je sais les braver tous.
Siphax à ses côtés, au milieu du carnage,
Aurait vû Sophonisbe égaler son courage.
De ces Romains du moins j'égalerai l'orgueil,
Et je les défierai du bord de mon cercueil.

Fin du second Acte.

ACTE III.

SCENE PREMIERE.

LÉLIE , MASSINISSE , assis ; Soldats Romains , Soldats Numides dans l'enfoncement , divisés en deux Troupes.

LÉLIE.

VOTRE ame impatiente était trop allarmée
Des bruits qu'a répandu l'aveugle renommée.
Qu'importe un vain discours du Soldat répété
Dans le sein de l'ivresse & de l'oisiveté ?
Laissons parler le Peuple ; il ne peut rien connaître.
Il veut percer en vain les secrets de son Maître.
Et ceux de Scipion, dans son sein retenus ,
Seigneur , avant le temps ne sont jamais connus.

MASSINISSE.

Quelquefois un bruit sourd annonce un grand orage.
Tout aveugle qu'il est , le peuple le présage.
Rien n'est à dédaigner Des publiques rumeurs
Souvent aux Souverains annoncent leurs malheurs.

Je veux approfondir ces difcours qu'on méprife.
Expliquez-vous, Lélie, avec cette franchife
Qu'attendent ma conduite & ma fincérité.
Les Romains autrefois aimaient la vérité.
Leur auftère vertu, peut-être un peu farouche,
Laiffait leur cœur altier d'accord avec leur bouche.
Auraient-ils aujourd'hui l'art de diffimuler ?
Après avoir vaincu n'oferiez-vous parler ?
Que penfez-vous, du moins, que Scipion prétende ?

LÉLIE.

Scipion ne fait rien que Rome ne commande.
Rien qui ne foit prefcrit par nos communs Traités.
La juftice & la loi réglent fes volontés.
Rome l'a revêtu de fon pouvoir fuprême.
Il viendra dans ces lieux vous apprendre lui-même
Ce qu'il faut entreprendre ou qu'on peut différer.
Sur vos grands intérêts vous pourrez conférer.
Il vous annoncera fes projets fur l'Afrique.
Vous favez qu'Annibal eft déja vers Utique,
Qu'il fuit l'aigle Romaine, & que, dans fon païs
De fes Carthaginois ramenant les débris,
Il vient de Scipion défier la fortune.
Cette guerre nouvelle à vous deux eft commune.
Nous marcherons enfemble à de nouveaux combats.

MASSINISSE.

De la Reine, Seigneur, vous ne me parlez pas.

LÉLIE.

Je parle d'Annibal ; Sophonisbe eft fa nièce,
C'eft vous en dire affez.

MASSINISSE.

Écoutez, le temps preffe :

Je veux une réponse , & favoir à l'inftant
Si fur mes Prifonniers votre pouvoir s'étend.

LÉLIE.

Lieutenant du Conful , je n'ai point fa puiffance.
Mais fi vous demandez , Seigneur , ce que je penfe
Sur le fort des vaincus , fur la loi du combat ,
Je crois que leur deftin n'appartient qu'au Sénat.

MASSINISSE.

Au Sénat ! Et qui fuis-je ?

LÉLIE.

Un Allié , fans doute ,
Un Roi digne de nous , qu'on aime & qu'on écoute ,
Que Rome favorife , & qui doit accorder
Tout ce que ce Sénat a droit de demander.

[Il fe leve.]

C'eft au feul Scipion de faire le partage.
Il récompenfera votre noble courage ,
Seigneur , & c'eft à vous de recevoir fes loix ,
Puifqu'il eft notre chef & qu'il commande aux Rois.

MASSINISSE.

Je l'ignorais , Lélie , & ma condefcendance
N'avait point reconnu tant de prééminence.
Je penfais être égal à ce grand Citoïen ;
Et j'ai cru que mon nom pouvait valoir le fien.
Je ne m'attendais pas qu'il s'expliquât en Maître.
J'ai d'autres intérêts , & plus preffans , peut-être
Que ceux de difpofer du rang des Souverains ,
Et d'oppofer l'orgueil à l'orgueil des Romains.
Répondez : ofe-t-il difpofer de la Reine ?

LÉLIE.

Il le doit.

MASSINISSE.

Lui ! ....

LÉLIE.

Seigneur, quel transport vous entraîne ?
C'est un droit reconnu qu'il nous faut maintenir ;
Tout le sang d'Annibal nous doit appartenir.
Vous qui dans les combats brûliez de le répandre,
Quel étrange intérêt pourriez-vous bien y prendre ?
Vous de toute sa race éternel ennemi,
Vous du Peuple Romain le vengeur & l'ami ?

MASSINISSE.

L'intérêt de mon sang, celui de la justice,
Et l'horreur que je sens d'un pareil sacrifice.
J'entrevois les projets qu'il me cache avec soin.
Mais son ambition pourrait aller plus loin.

LÉLIE.

Seigneur, elle se borne à servir sa patrie.

MASSINISSE.

Dites mieux, à flatter l'infâme barbarie
D'un Peuple qu'Annibal écrasa sous ses pieds.
Si Rome existe encor, c'est par ses Alliés.
Mes secours l'ont sauvée ; & dès qu'elle respire,
Sur les Rois, sur moi-même, elle affecte l'Empire ;
Elle se fait un jeu dans ses murs fortunés
De prodiguer l'outrage à des fronts couronnés.
Elle met à ce prix sa faveur passagère.
Scipion, qui m'aima, se dément pour lui plaire ;
Il me trahit !

LÉLIE.

Seigneur, qui vous a donc changé !
Quoi ! vous seriez trahi quand vous seriez vengé !
J'ignore si la Reine, en triomphe menée,
Au char de Scipion doit paraître enchaînée ;

Mais en perdrions-nous votre utile amitié?
C'eſt pour une captive avoir trop de pitié.

MASSINISSE.

Que je la plaigne ou non, je veux qu'on la reſpecte.
La foi Romaine enfin me devient trop ſuſpecte.
De ma protection tout Numide honoré,
En quelque rang qu'il ſoit, doit vous être ſacré.
Et vous inſulteriez une femme, une Reine!
Vous oſeriez charger de votre indigne chaîne
Les mains, les mêmes mains que je viens d'affranchir!

LÉLIE.

Parlez à Scipion, vous pourrez le fléchir.

MASSINISSE.

Le fléchir! apprenez qu'il eſt une autre voie
De priver les Romains de leur injuſte proie.
Il eſt des droits plus ſaints : Sophonisbe aujourd'hui,
Seigneur, ne dépendra ni de vous ni de lui.
Je l'eſpere, du moins.

LÉLIE.

       Tout ce que je puis dire,
C'eſt que nous ſoutiendrons les droits de notre Empire.
Et vous ne voudrez pas, pour des caprices vains,
Vous priver des bontés qu'ont pour vous les Romains.
Croyez-moi, le Sénat ne fait point d'injuſtices,
Il a d'un digne prix reconnu vos ſervices;
Il vous chérit encor. Mais craignez qu'un refus
Ne vous attire ici des ordres abſolus.

      [*Il ſort avec les Soldats Romains.*]

SCENE II.

MASSINISSE, ALAMAR, *les Soldats Numides restent au fond de la Scene.*

MASSINISSE.

DEs ordres! vous, Romains! ingrats dont l'insolence
S'accrût pour mon service avec votre puissance!
Des fers à Sophonisbe! Et ces mots inoüis,
A peine prononcés, n'ont pas été punis!
Sophonisbe, ah! du moins écarte cette injure.
Accorde-moi ta main; ta gloire t'en conjure.
Règne pour être libre, & commande avec moi.
Va, Massinisse enfin sera digne de toi.
Des fers! Ah! que je vais réparer cet outrage!
Que j'étais insensé de combattre Carthage!
    [*A sa Suite.*]
Approchez, mes amis; parlez, braves Guerriers,
Verrez-vous dans vos mains flétrir tant de lauriers?
Vous avez entendu ce discours téméraire.

ALAMAR.

Nous en avons rougi de honte & de colère.
Le joug de ces ingrats ne peut plus se porter.
Sur leur superbe tête il le faut rejetter.

MASSINISSE.

Rome hait tous les Rois, & les croit tyranniques.
Ah! les plus grands tyrans ce sont les Républiques.
Rome est la plus cruelle.

ALAMAR.

        Il est juste, il est temps
D'abattre pour jamais l'orgueil de ses enfans.
L'alliance avec eux n'était que passagère ;
La haîne est éternelle.

MASSINISSE.

        Aveugle en ma colère,
Contre mon propre sang j'ai pu les soutenir ! ·
Si je les ai sauvés, songeons à les punir.
Me seconderez-vous ?

ALAMAR.

        Nous sommes prêts sans doute.
Il n'est rien avec vous qu'un Numide redoute.
Les Romains ont plus d'art, & non plus de valeur ;
Ils savent mieux tromper, & c'est-là leur grandeur ;
Mais nous savons au moins combattre comme eux-mêmes.
Commandez, déployez vos volontés suprêmes.
Ce fameux Scipion n'est pas plus craint de nous,
Que ce faible Siphax abattu sous nos coups.

MASSINISSE.

Écoutez, Annibal est déja dans l'Afrique.
La nouvelle en est sûre, il marche vers Utique.
Pourrions-nous jusqu'à lui nous frayer des chemins ?

ALAMAR.

Nous vous en tracerons dans le sang des Romains.

MASSINISSE.

Enlevons Sophonisbe, arrachons cette proie
Aux brigands insolents qu'un Sénat nous envoie ;
Effaçons dans leur sang le crime trop honteux,
Et le malheur, sur-tout, d'avoir vaincu pour eux.
Annibal n'est pas loin. Croyez que ce grand homme
Peut encore une fois se montrer devant Rome ;

Mais à nos fiers tyrans fermons-en le retour.
Que ces bords Africains, que ce sanglant séjour
Deviennent par vos mains le tombeau de ces traîtres,
Qui, sous le nom d'amis, sont nos barbares Maîtres.
La nuit approche, allez, je viendrai vous guider ;
Les vaincus enhardis pourront nous seconder.
Vous savez en ces lieux combien Rome est haïe ;
Et tout homme est soldat contre la tyrannie.
Préparez les esprits irrités & jaloux ;
Sans leur rien découvrir enflammez leur courroux.
Aux premiers coups portés, aux premieres allarmes,
Au nom de Sophonisbe ils voleront aux armes.
Nos Maîtres prétendus, plongés dans le sommeil,
Verront de tous côtés la mort à leur réveil.

ALAMAR.

Si l'on ne prévient pas cette grande entreprise,
Le succès en est sûr, & tout nous favorise.
Les révolutions, dans ce sanglant séjour,
Chez le fougueux Numide éclatent en un jour.
On les manque à jamais, alors qu'on les diffère.
Chez nous tout est soudain ; c'est notre caractère.
Le Romain temporise ; & ces tyrans surpris
Pourront être bientôt paiés de leur mépris.

MASSINISSE.

Revolez à mon camp, je vous joins dans une heure ;
J'arrache Sophonisbe à sa triste demeure.
Je marche à votre tête ; &, s'il vous faut périr,
Vous recevrez de moi l'exemple de mourir.

SCENE

S C E N E   I I I.

SOPHONISBE, MASSINISSE.

SOPHONISBE.

Seigneur, en tous les tems, par le Ciel pourfuivie,
Je vois entre vos mains le deftin de ma vie.
Victorieux dans Cirthe, & mon libérateur,
Contre ces fiers Romains deux fois mon protecteur,
Vous avez d'un feul mot écarté les orages
Qui m'entouraient encore après tant de naufrages ;
Et dans ce grand reflux des horreurs de mon fort,
Dans ce jour étonnant de clémence & de mort,
Par vous feul confondue, & par vous raffurée,
J'ai crû que d'un Héros la promeffe facrée,
Ce généreux appui, le feul qui m'eft refté,
Me fervirait d'égide, & ferait refpecté.
Je ne m'attendais pas qu'on flétrît votre ouvrage ;
Qu'on ofât prononcer le mot de l'efclavage,
Et que je duffe encore, après tant de tourments,
Après tous vos bienfaits réclamer vos ferments.

MASSINISSE.

Ne les réclamez point ; ils étaient inutiles,
Je n'en eus pas befoin : vous aurez des afyles,
Que l'orgueil des Romains ne pourra violer ;
Et ce n'eft pas à vous déformais à trembler.
Il m'appartenait peu de parler d'hyménée
Dans ce même Palais, dans la même journée

C

Où le fort a voulu que le fang d'un époux,
Répandu par mes mains, rejaillît jufqu'à vous.
Mais la néceffité rompt toutes les barrieres,
Tout fe tait à fa voix, fes loix font les premieres.
La cendre de Siphax ne peût vous accufer.
Vous n'avez qu'un parti ; celui de m'époufer.
Du pied de nos autels au trône remontée,
Sur les bords Africains chérie & redoutée,
Le diadême au front marchez à mon côté ;
Votre fceptre & mon bras font votre fûreté.

            SOPHONISBE.

Ah ! que m'avez-vous dit ? — Sophonifbe éperdue
Doit étaler enfin fon ame à votre vue. —
J'étais votre ennemie, & l'ai toujours été.
Seigneur, je vous ai fui, je vous ai rebuté ;
Siphax obtint mon choix ; fans confulter fon âge,
Je n'acceptai fa main que pour vous faire outrage.
J'encourageai les miens à pourfuivre vos jours,
Connaiffez donc mon cœur ; — il vous aima toujours.

            MASSINISSE.

Eft-il poffible ? ô Dieux ! vous dont l'ame inhumaine
Fut chez les Africains célèbre par la haîne,
Vous m'aimiez, Sophonifbe ! &, dans fes déplaifirs,
Maffiniffe accablé vous coûtait des foupirs !

            SOPHONISBE.

        l'Afdrubal naquit pour fe contraindre ;
La fille u   haïr, ou du moins dut le feindre.
Elle dut vou   yous. — C'eft à vous de juger,
Elle brûlait pou   qui peut me protèger,
Si le feul des hum   &, amant toujours fidèle,
Conquérant généreu   devenu le modèle,
Des Héros & des Rois   du fein de l'horreur,
En m'arrachant des fers, &

En me donnant son trône, en me gardant son cœur,
Sur mes sens enchantés conserve un juste empire.
C'est par vous que je vis, pour vous que je respire :
Pour m'unir avec vous je voudrais tout tenter ; ——
Vous m'offrez votre main : —— je ne puis l'accepter.

MASSINISSE.

Et quels Dieux ennemis à vos bontés s'opposent ?

SOPHONISBE.

Les Dieux qui de mon sort en tous les tems disposent ;
Les Dieux qui d'Annibal ont reçu les sermens,
Quand au pied des autels, en ses plus jeunes ans,
Il jurait aux Romains une haîne immortelle.
Ce serment est le mien, —— je lui serai fidèle. ——
Je meurs sans être à vous.

MASSINISSE.

                    Sophonisbe, arrêtez.
Connaissez qui je suis, & qui vous insultez.
C'est ce même serment qui devant vous m'amene.
C'est un courroux plus juste, une plus forte haîne ;
Et c'est de son flambeau que je viens éclairer
L'hymen, l'heureux hymen qu'on ne peut différer.
C'est dans Cirthe sanglante, à ces autels antiques
Dressés par nos ayeux à nos Dieux domestiques,
Que j'apporte avec vous, en vous donnant la main,
L'horreur que Massinisse a pour le nom Romain.
Plus irrité que vous & plus qu'Annibal même,
Oui, je déteste Rome autant que je vous aime.
Vous, Dieux qui m'entendez, qui recevez ma foi,
(*Il prend la main de Sophonisbe, & tous deux les mettent*
                    sur l'autel.)
Unissez à ce prix Sophonisbe avec moi.

SOPHONISBE.

Ah ! je fuis trop heureufe !

MASSINISSE

A mes yeux outragée,
Vantez votre bonheur quand vous ferez vengée.
Les Romains font dans Cirthe ; ils y donnent des loix ;
Un Conful y commande, & l'on tremble à fa voix.
Sachez que fous leurs pas je vais ouvrir l'abîme
Où doit s'enfevelir l'orgueil qui nous opprime.
Scipion peut tomber dans le piége fatal.
Notre bonheur, Madame, eft au Camp d'Annibal.
Dès que l'aftre du jour aura ceffé de luire,
Parmi des flots de fang ma main va vous conduire.
Sophonifbe, ma femme, en fuiant fes tyrans,
Doit marcher avec moi fur leurs corps expirants.
Il n'eft point d'autre route, & nous allons la prendre.

SOPHONISBE.

Dans le Camp d'Annibal enfin j'irais me rendre,
Et vous m'y conduiriez ! ce jour, ce jour heureux,
Guérirait tant de maux, comblerait tant de vœux !
Ah ! Ciel ! puis-je y compter ?

MASSINISSE.

La plus jufte efpérance
Flatte d'un prompt fuccès ma flamme & ma vengeance
Je crains peu les Romains, & , prêt à les frapper,
J'ai honte feulement de defcendre à tromper.

SOPHONISBE.

Ils favent mieux que vous cet art de l'Italie.

SCENE IV.

SOPHONISBE, MASSINISSE, PHÆDIME.

PHÆDIME.

SEIGNEUR, cet étranger qu'on appel Lélie,
Et qui dans ce palais parlait si hautement,
Accompagné des siens arrive en ce moment.
Il veut que sans tarder à vous même on l'annonce;
Il dit que d'un Consul il porte la réponse.

MASSINISSE.

Qu'on dise qu'il m'attende, ou que, sans nous braver,
Aux pieds de Sophonisbe il vienne ici tomber.

SOPHONISBE.

Je ne vois point, Seigneur, un Romain sans allarmes.
Ils sont venus r'ouvrir la source de mes larmes.
Vous êtes violent autant que généreux.
Encor si vous saviez dissimuler comme eux,
Ne les point avertir de se mettre en deffense!
Mais toujours d'un Numide ils sont en défiance.
Peut-être ils ont déja pénétré vos desseins.
Vous me faites frémir. Je connais mes destins.
Ce jour a déployé tant de vicissitude,
Que, jusqu'à mon bonheur, tout est inquiétude.
Les nœuds, les sacrés nœuds que je viens de former,
D'un courage nouveau me doivent animer.

C iij

J'en ai fait voir assez : mais enfin, je vous aime,
Et dans ce jour de sang je crains tout pour vous même;
Mais réunie à vous, sûre de votre foi,
En marchant avec vous, je ne crains rien pour moi.

Fin du troisième Acte.

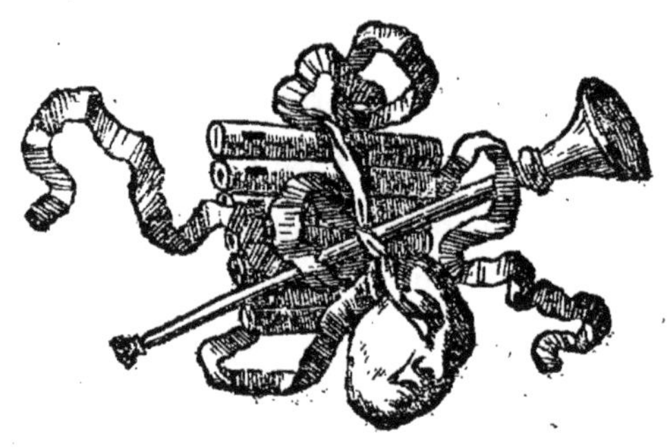

ACTE IV.

SCENE PREMIERE.

LÉLIE, ROMAINS.

LÉLIE, *à un Centurion.*

ALLEZ, obfervez tout, les plus légers foupçons
Dans de pareils momens font de fortes raifons.
Sophonifbe en ces lieux peut faire des perfides;
Scipion dans la ville enferme les Numides.
(*A un autre.*)
C'eft à vous de garder le palais & la tour,
Tandis que n'écoutant qu'un imprudent amour,
Maffiniffe, occupé du vain nœud qui l'engage,
D'un moment précieux nous laiffe l'avantage.
(*A tous.*)
Vous avez défarmé fans peine & fans effort
Le peu de fes foldats répandus dans ce fort;
Et déja, trop puni par fa propre faibleffe,
Il ne fait pas encor le péril qui le preffe.
Au moindre mouvement qu'on vienne m'avertir;
Qu'aucun ne puiffe entrer, qu'aucun n'ofe fortir.

C iv

Sur-tout de vos foldats contenez la licence.
Refpectez ce palais. Que nulle violence
Ne fouille foûs mes yeux l'honneur du nom Romain.
Le fort de Maffiniffe eft tout en notre main.
On craignait que ce Prince, aveugle en fa colere,
N'eût tramé contre nous un complot téméraire ;
Mais de fon amitié gardant le fouvenir,
Scipion le prévient fans vouloir le punir.
Soyez prêts, c'eft affez ; cette ame impétueufe
Verra de fes deffeins la fuite infructueufe ;
Et dans quelques moments tout doit être éclairci. —
Vous, gardez cette porte ; & vous, veillez ici.

(Les licteurs reftent un peu cachés dans le fond.)

SCENE II.

MASSINISSE, LÉLIE, LICTEURS.

MASSINISSE.

EH bien ! de Scipion Miniftre refpectable,
Venez-vous m'annoncer fon ordre irrévocable?

LÉLIE.

J'annonce du Sénat les décrets fouverains ;
Que le Conful de Rome a remis en mes mains.
Pouvez vous écouter ce que je dois vous dire?
Vous paraiffez troublé.

MASSINISSE.

     Je fuis prêt à foufcrire
Aux projets des Romains que vous me préfentez,

Si par l'équité seule ils ont été dictés,
Et s'ils n'outragent point mon honneur & mon trône,
Parlez, quel est le prix que Rome m'abandonne ?

LÉLIE.

Le trône de Siphax déja vous est rendu.
C'est pour le conquérir que l'on a combattu.
A vos nouveaux États, à votre Numidie,
Pour vous favoriser, on joint la Mazénie.
Ainsi, dans tous les tems & de guerre & de paix,
Rome à ses alliés prodigue ses bienfaits.
On vous a déja dit que Cirthe, Hippone, Utique,
Tout, jusqu'au mont Atlas, est à la république.
Décidez maintenant si vous voulez demain
De Scipion vainqueur accomplir le dessein,
De l'Afrique avec lui soumettre le rivage,
Et, fidèle allié, camper devant Carthage ?

MASSINISSE.

Carthage ! oubliez-vous qu'Annibal la défend ;
Que sur votre chemin ce Héros vous attend ?
Craignez d'y retrouver Trasimène & Trébie.

LÉLIE.

La fortune a changé ; l'Afrique est asservie.
Choisissez de nous suivre ou de rompre avec nous.

MASSINISSE, *à part.*

Puis-je encore un moment retenir mon courroux !

LÉLIE.

Vous voyez vos devoirs & tous vos avantages.
De Rome maintenant connaissez les usages.
Elle éléve les Rois & fait les renverser :
Au pied du Capitole ils viennent s'abbaisser.
La veuve de Siphax était notre ennemie ;
Dans un sang odieux elle a reçu la vie ;

Et fon feul châtiment fera de voir nos Dieux,
Et d'apprendre dans Rome à nous connaître mieux,
Une femme, après tout, aifément fe confole
D'étaler fes beautés aux pieds du Capitole.
Vous l'y difpoferez ; j'ai conçu cet efpoir.
Sur fon efprit, dit-on, vous avez tout pouvoir.

M A S S I N I S S E.

Téméraire, arrêtez, Sophonifbe eft ma femme ;
Tremblez de m'outrager.

L É L I E.

     Je connais votre flamme,
Je la refpecte peu, lorfque dans vos États
Vous-même devant moi ne vous refpectez pas.
Sachez que Sophonifbe à nos chaînes livrée
De ce titre d'époufe en vain s'eft honorée,
Qu'un pretexte de plus ne peut nous éblouir,
Que j'ai donné mon ordre & qu'il faut obéir.

M A S S I N I S S E.

Ah ! c'en eft trop enfin ; cet excès d'infolence
Pour la derniere fois tente ma patience.
(*Mettant la main à fon épée.*)
Il faut m'ôter la vie, ou mourir de ma main.

L É L I E.

Prince, fi je n'étais qu'un Citoyen Romain,
Un Tribun de l'armée, un Guerrier ordinaire,
Vous me verriez bientôt prêt à vous fatifaire ;
Lélie avec plaifir recevrait cet honneur.
Mais député de Rome & de mon Empereur,
Commandant en ces lieux, tout ce que je dois faire,
C'eft d'arrêter d'un mot votre injufte colere.——
Romains, qu'on m'en réponde.
   (*Les Licteurs entourent Maffiniffe & le défarment.*)

MASSINISSE.

> Ah ! traître ! — mes soldats

Me laissent sans défense !

LÉLIE.

> Ils ne paraîtront pas.

Ils sont ainsi que vous, Seigneur, en ma puissance.
Vous avez abusé de notre confiance :
Quels que soient vos desseins, ils sont tous prévenus ;
Et nous vous épargnons des malheurs superflus.
Si vous voulez de Rome obtenir quelque grace,
Parlez à Scipion ; il n'est rien que n'efface
A ses yeux indulgents un juste repentir.
Rentrez dans le devoir dont vous osiez sortir ;
On vous rendra, Seigneur, vos soldats & vos armes,
Quand sur votre conduite on aura moins d'allarmes,
Et quand vous cesserez de préférer en vain
Une Carthaginoise à l'Empire Romain.
Vous avez combattu sur nous avec courage.
Mais on est quelquefois imprudent à votre âge.

SCENE III.

MASSINISSE, *seul.*

MALHEUREUX, tu survis à de pareils affronts !
Ce sont-là ces Romains juges des Nations,
Qui voulaient faire au monde adorer leur puissance,
Et des Dieux, disaient-ils, imiter la clémence !
Fourbes dans leurs traités, cruels dans leurs exploits,
Déprédateurs du peuple & fiers tyrans des Rois,

Je me repens fans doute, & c'eft de vivre encore
Sans pouvoir me baigner dans le fang que j'abhorre.
Scipion prévient tout ; foit prudence ou bonheur,
Son étonnant génie en tout tems eft vainqueur.
Sous les pas des Romains la tombe était ouverte ;
Je vengeais Sophonifbe & j'ai caufé fa perte.
A-t-il connu le piége, ou l'a-t-il foupçonné ?
Un moment a tout fait. Des miens abondonné,
Dans mon propre palais je vois un autre Maître !
Sophonifbe eft efclave, on me deftine à l'être !
Quel exemple pour vous, malheureux Africains !
Rois & peuples féduits qui fervez les Romains,
Quand pourrez-vous fortir de ce grand efclavage ?
Quoi ! je dévore ici mon opprobre & ma rage !
J'ai perdu Sophonifbe & mon Empire, & moi ! —
O Ciel ! c'eft Scipion, c'eft lui que je revoi.
C'eft Rome qui dans lui fe montre toute entiere.

SCENE IV.

SCIPION, MASSINISSE, LICTEURS.

(Scipion tient un rouleau à la main.)

MASSINISSE.

Venez-vous infulter à mon heure derniere ?
Dans l'abîme où je fuis, venez-vous m'enfoncer,
Marcher fur mes débris ?
                    SCIPION.
                    Je viens vous embraffer.

J'ai ſçu votre faibleſſe & j'en ai craint la ſuite.
Vous devez pardonner ſi de votre conduite
Ma vigilance heureuſe.à conçu des ſoupçons.
Plus d'une fois l'Afrique a vu des trahiſons.
La niéce d'Annibal, à votre cœur trop chere,
M'a forcé malgré moi de me montrer ſévère.
Du nom de votre ami je fus toujours jaloux;
Mais je me dois à Rome, & beaucoup plus qu'à vous.
Je n'ai point démêlé les intrigues ſecrettes
Que pouvaient préparer vos fureurs inquiettes,
Et de tout prévenir je me ſuis contenté.
Mais à quelque attentat que l'on vous ait porté,
Voulez-vous maintenant écouter la juſtice,
Et rendre à Scipion le cœur de Maſſiniſſe ?
Je ne demande rien que la foi des traités;
Vous les avez toujours ſans ſcrupule atteſtés.
Les voici; c'eſt par vous qu'à moi-même promiſe
Sophoniſbe en mon camp devait être remiſe.
Voilà ma ſignature & voilà votre ſeing.
(Il les lui montre.)
En eſt-ce aſſez ? vos yeux s'ouvriront-ils enfin ?
Avez vous contre moi quelque droit légitime ?
Vous plaindrez-vous toujours que Rome vous opprime ?

MASSINISSE.

Oui. —— Quand dans la fureur de mes reſſentiments
Je feſais dans vos mains ces malheureux ſerments,
Je voulais me venger d'une Reine ennemie;
De mon cœur irrité je la croyais haïe;
Vos yeux furent témoins de mes jaloux tranſports,
Ils étaient imprudents; mais vous m'aimiez alors,
Je vous confiai tout, ma colere & ma flamme.
J'ai révu Sophoniſbe & j'ai connu ſon ame.

Tout est changé, l'amour est rentré dans ses droits ;
La veuve de Siphax a mérité mon choix,
Elle est Reine, elle est digne encor d'un plus grand titre.
De son sort & du mien j'étais le seul arbitre,
Je devais l'être au moins : ——je l'aime, c'est assez ,
Sophonisbe est ma femme, & vous la ravissez !

SCIPION.

Elle n'est point à vous, elle est notre captive.
La loi des Nations pour jamais vous en prive.
Rome ne peut changer ses résolutions
Au gré de nos erreurs & de nos passions.
Je ne veux point ici vous parler de moi-même ;
Mais jeune comme vous & dans un rang suprême,
Vous savez si mon cœur n'a jamais succombé
A ce piége fatal où vous êtes tombé.
Soyez digne de vous ; vous pouvez encor l'être.

MASSINISSE.

Il est vrai qu'en Espagne où vous régnez en Maître ,
Le soin de contenir un peuple effarouché ,
La gloire, l'intérêt, Seigneur, vous ont touché.
Vous n'enlevâtes point une femme éplorée ,
De l'amant qu'elle aimait justement adorée.
Pourquoi démentez-vous pour un infortuné
Cet exemple éclatant que vous avez donné ?
L'Espagnol vous bénit ; mais je vous dois ma haîne ;
Vous lui rendez sa femme, & m'arrachez la mienne.

SCIPION.

A vos plaintes, Seigneur, à vos emportements
Je ne réponds qu'un mot ; remplissez vos serments.

MASSINISSE.

——Je me rends : ——je bannis la douleur qui m'obsède.——
Lorsque Scipion parle, il faut que tout lui cède.

Pour difpofer de moi j'ai dû vous confulter. ——
Et le faible au puiffant ne doit rien contefter. ——
Ma femme eft votre efclave, —— & mon ame eft fou-
    mife. ——
Ordonnez-vous enfin qu'à Rome on la conduife?

SCIPION.

Je le veux, puifqu'ainfi le Sénat l'a voulu ;
Que vous-même avec moi vous l'aviez réfolu.
Ne vous figurez pas qu'un appareil frivole,
Une marche pompeufe aux murs du Capitole,
Et d'un peuple inconftant la faveur & l'amour,
Que le deftin nous donne & nous ôte en un jour,
Soient un charme fi grand pour mon ame éblouie?
De foins plus importants croyez qu'elle eft remplie.
Mais quand Rome a parlé, j'obéis à fa loi.
Secondez mon devoir & revenez à moi.
Rendez à votre ami la première tendreffe
Dont le nœud refpectable unit notre jeuneffe.
Compagnons dans la guerre, & rivaux en vertu,
Sous les mêmes drapeaux nous avons combattu.
Nous rougirions tous deux qu'au fein de la victoire,
Une femme, une efclave eût flétri tant de gloire.
Réuniffons deux cœurs qu'elle avait divifés.
Oubliez vos liens : l'honneur les a brifés.

MASSINISSE.

L'honneur ! Quoi ! vous ofez ! —— Mais je ne puis pré-
    tendre,
Quand je fuis défarmé, que vous vouliez m'entendre. ——
Je vous ai déja dit que vous feriez content.
Ma femme —— fubira le deftin qui l'attend. ——
Un Roi doit obéir quand un Conful ordonne. ——
Sophonisbe ! ——— Oui, Seigneur, —— enfin je l'aban-
    donne. ——

Je ne veux que la voir pour la dernière fois.
Après cet entretien j'attends ici vos loix.
SCIPION.
N'attendez, qu'un ami si vous êtes fidèle.

SCENE V.

MASSINISSE, *seul.*

UN ami ! Jusques-là ma fortune cruelle
De mes jours détestés déshonore la fin !
Il me flétrit du nom de l'ami d'un Romain !
Je n'ai que Sophonisbe ; elle seule me reste.
Il le sait, il insulte à cet état funeste.
Sa cruauté tranquile, avec dérision,
Affectait de descendre à la compassion !
Il a sçu mon projet, & ne pouvant le craindre
Il feint de l'ignorer & même de me plaindre ;
Il feint de dédaigner ce misérable honneur
De traîner une femme au char de son vainqueur.
Il n'aspire en effet qu'à cette gloire infâme ;
Il jouit de ma honte ; & peut-être en son ame
Il pense à m'y traîner avec le même éclat
Comme un Roi révolté jugé par le Sénat.

SCENE

SCENE VI.

MASSINISSE, SOPHONISBE.

MASSINISSE.

EH-BIEN ! connaissez-vous quelle horreur vous op-
prime ?
D'où nous sommes tombés, — dans quel horrible abyme
Un jour, un seul moment nous a tous deux conduits ?
Du plus auguste hymen ce sont les premiers fruits.
Savez-vous des Romains la barbare insolence,
Et qu'il nous faut enfin tout souffrir sans vengeance ?

SOPHONISBE.

Je le sais ; — avez vous un fer ou du poison ?

MASSINISSE.

Nous sommes désarmés. Ces murs sont ma prison.
Mais je puis, après tout, retrouver quelques armes.

SOPHONISBE.

Songez-y. — Terminez tant d'indignes allarmes.
Trop de honte nous suit, & c'est trop de revers ;
J'ai deux fois aujourd'hui passé du trône aux fers.
Hâtez-vous : Annibal me vengera peut-être.
Mais qu'il me venge ou non, je veux mourir sans Maître.
Malheureux Massinisse ! ô cher & tendre époux !
Sophonisbe du moins sera libre par vous.

MASSINISSE.

Tu le veux, chere épouse ? il le faut ; — je t'admire. —

D

Tu me préviens ; —— fuis - moi. —— Rome n'a point d'em-
       pire
Sur un cœur aussi noble, aussi grand que le tien.
Nous ne servironspas ; je t'en réponds.

SOPHONISBE.

                  Eh bien !

En mourant de ta main j'expirerai contente. ——
O Mânes de Siphax, Ombre à mes yeux présente,
Mânes moins malheureux, vous me l'aviez prédit.
Oui, je vais vous rejoindre ; & mon sort s'accomplit:
De mon lit nuptial au tombeau descendue,
Mon Ombre sans rougir va paraître à ta vue.
Je te rapporte un cœur qui n'était point à toi ;
Mais jusqu'à ton trépas je t'ai gardé ma foi. ——
Enfers qui m'attendez, Eumenides, Tartare,
Je ne vous craindrai point, Rome était plus barbare:
Allons, je trouverai dans l'Empire infernal
Les monceaux de Romains qu'a frappés Annibal,
Des victimes sans nombre, & des Scipions mêmes:
Trasimêne est chargé de mes honneurs suprêmes.
Viens m'arracher la vie, époux trop généreux,
Et tu me vengeras après si tu le peux.

Fin du quatriéme Acte.

ACTE V.

SCENE PREMIERE.

SCIPION, LÉLIE, ROMAINS

SCIPION.

AMI , la fermeté jointe avec la clémence
Peut enfin subjuguer sa fatale inconstance.
Je vois dans ce Numide un coursier indompté ,
Que son Maître châtie après l'avoir flatté ;
On réprime , on ménage , on dompte son caprice ;
Il marche en écumant , mais il nous rend service.
Massinisse a senti qu'il doit porter ce frein
Dont sa fureur s'indigne & qu'il secoue en vain ;
Que je suis en effet maître de son armée ;
Qu'enfin Rome commande à l'Afrique allarmée ;
Que nous pouvons d'un mot le perdre ou le sauver.
Pensez-vous qu'il s'obstine encore à nous braver ?
Il est temps qu'il choisisse entre Rome & Carthage ;
Point de milieu pour lui , le trône ou l'esclavage ;
Il s'est soumis à tout : ses serments l'ont lié :
Il a vu de quel prix était mon amitié.

D ij

La Reine l'égarait, mais Rome est la plus forte.
L'amour parle un moment ; mais l'intérêt l'emporte,
Il doit rendre aux Romains Sophonisbe aujourd'hui.

LÉLIE.

Pouvez-vous y compter ? Vous fiez-vous à lui ?

SCIPION.

Il ne peut empêcher qu'on l'enlève à sa vue.
Je voulais à son ame encor toute éperdue
Épargner un affront trop dur, trop douloureux.
Il me faisait pitié. Tout Prince malheureux
Doit être ménagé, fût-ce Annibal lui-même.

LÉLIE.

Je crains son désespoir ; il est Numide, il aime.
Sur-tout de Sophonisbe il faudrait s'assurer.
Ce triomphe éclatant qui va se préparer,
Plus que vous ne pensez vous devient nécessaire
Pour imposer aux grands, pour charmer le vulgaire,
Pour captiver un Peuple inquiet & jaloux,
Ennemi des grands noms, & peut-être de vous.
La veuve de Siphax à votre char traînée
Fera taire l'envie à vous nuire obstinée,
Et le vieux Fabius, & le censeur Caton,
Se cacheront dans l'ombre en voyant Scipion.
Quand le Peuple est pour nous, la cabale expirante
Ramasse en vain les traits de sa rage impuissante.
Je sais que cet éclat ne vous peut éblouir ;
Vous êtes au-dessus, mais il en faut jouir.

SCENE II.

SCIPION, LÉLIE, PHÆDIME.

PHÆDIME.

SOPHONISBE, Seigneur, à vos ordres soumise,
Par le Roi Massinisse entre vos mains remise,
Va bien-tôt à vos pieds, déposant sa douleur,
Reconnaître dans vous son Maître & son Vainqueur.
La Reine à son destin fait plier son courage.
Elle s'est fait d'abord une effroyable image
De suivre au Capitole un char victorieux,
De présenter ses fers aux genoux de vos Dieux,
A travers une foule orageuse & cruelle,
Dont les yeux menaçants seraient fixés sur elle.
Massinisse a bientôt dissipé cette horreur.
Sophonisbe a connu quel est votre grand cœur.
Elle sait que dans Rome elle doit vous attendre.
Elle est prête à partir. Mais daignez condescendre
Jusqu'à faire écarter des Soldats indiscrets,
Qui veillent à sa porte, & troublent ses apprêts.
Ce palais est à vous. Vos troupes répandues
En remplissent assez toutes les avenues.
Votre captive enfin ne peut vous échapper,
La Reine est résignée & ne peut vous tromper.
Massinisse à vos pieds vient se mettre en ôtage.
L'humanité vous parle, écoutez son langage,
Et permettez, du moins, qu'en son appartement
La Reine, à qui je suis, reste libre un moment.

D iij

SCIPION.

(*à un Centurion.*)   (*à Phadime.*)

Il est trop juste. — Allez. —— Que Sophonisbe apprenne
Qu'à Rome, en ma Maison, toujours servie en Reine,
Elle n'y recevra que les soins, les honneurs
Que l'on doit à son rang, & même à ses malheurs.
Le Tibre avec respect verra sur son rivage
Le noble rejetton des Héros de Carthage ;
Et quand je reviendrai, croyez que Scipion
Honorera toujours ses vertus, & son nom.
Rome pourra du moins mériter son estime.
Mais Massinisse vient.

SCENE III. ET DERNIERE.

SCIPION, LÉLIE, MASSINISSE, LICTEURS.

LÉLIE.

QUEL désespoir l'anime
Sous le masque trompeur de la tranquilité !

MASSINISSE, *troublé & chancelant.*

Vous ne douterez plus de ma sincérité. ——
La victime par vous si long-tems désirée,
S'est offerte elle même. —— Elle vous est livrée. ——
Scipion, j'ai plus fait que je n'avais promis. ——
Tout est prêt.

SCIPION.

La raison vous rend à vos amis.
Vous revenez à moi : pardonnez à Lélie
Cette sévérité qui passe, & qu'on oublie.
L'intérêt de l'État exigeait nos rigueurs ;
Rome y fera bientôt succèder ses faveurs.

(Il tend la main à Massinisse qui recule.)

Point de ressentiment. Goûtez l'honneur suprême
D'avoir réparé tout, en vous domptant vous-même.

MASSINISSE.

Epargnez-vous, Seigneur, un vain remercîment. ——
Il m'en coûte assez cher en cet affreux moment. ——

Il m'en coûte, —— ah ! grands Dieux !

(Il se laisse tomber sur une banquette.

LÉLIE.

Sa passion fatale

Dans son cœur combattu renaît par intervalle.

SCIPION, A Massinisse en lui prenant la main.

Cessez à vos regrets de vous abandonner.
Je conçois vos chagrins ; je sais leur pardonner. ——
(A Lélie.)
Je suis homme, Lélie ; il porte un cœur, il aime.
(A Massinisse.)
Je le plains. —— Calmez-vous.

MASSINISSE.

Je reviens à moi-même.

Dans ce trouble mortel qui m'avait abattu,
Dans ce mal passager, n'ai-je pas entendu
Que Scipion parlait, & qu'il plaignait un homme,
Qui partagea sa gloire, & qui vainquit pour Rome ?

(Il se relève.)

SCIPION.

Tels sont mes sentiments. Reprenez vos esprits.
Rome de vos exploits doit payer tout le prix.
Ne me regardez plus d'un œil sombre & farouche,
Croyez que votre état m'intéresse & me touche.
Massinisse, achevez cet effort généreux,
Qui de notre amitié va resserrer les nœuds. ——
Vous pleurez !

MASSINISSE.

Qui ? moi ! —— Non.

SCIPION.

Ce regret qui vous presse

N'eſt aux yeux d'un ami qu'un reſte de faibleſſe,
Que votre ame ſubjugue, & que vous oublîrez.

MASSINISSE.

Si vous avez un cœur, vous vous en ſouviendrez.

SCIPION.

Allons, conduiſez-moi dans la chambre prochaine,
Où je devais paraître aux regards de la Reine.
Qu'elle accepte à la fin mes ſoins reſpectueux.
(*On ouvre la porte ; Sophonisbe paraît étendue ſur une
banquette un poignard eſt enfoncé dans ſon ſein.*)

MASSINISSE.

Tiens, la voilà, perfide ! elle eſt devant tes yeux.
La connais-tu ?

SCIPION.

Cruel !

SOPHONISBE, *à Maſſiniſſe penché vers elle.*

Viens, que ta main chérie
Achéve de m'ôter ce fardeau de la vie.
Digne époux je meurs libre, & je meurs dans tes bras.

MASSINISSE, *ſe retournant.*

Je vous la rends, Romains. Elle eſt à vous.

SCIPION.

Hélas !
Malheureux ! qu'as-tu fait ?

MASSINISSE, *reprenant ſa force.*

Ses volontés, les miennes.
Sur ces bras tout ſanglants viens eſſayer tes chaînes.
Approche, où ſont tes fers ?

LÉLIE.

O ſpectacle d'horreur !

MASSINISSE, *à Scipion.*

Tu recules d'effroi ! que devient ton grand cœur ?

(*Il se met entre Sophonisbe & les Romains.*)

Monſtres qui par mes mains avez commis mon crime,
Allez au Capitole offrir votre victime ;
Montrez à votre peuple autour d'elle empreſſé,
Ce cœur, ce noble cœur que vous avez percé.
Jouis de ce triomphe. Es-tu content, barbare ?
Tu le dois à mes ſoins, c'eſt moi qui le prépare.
Ai-je aſſez ſatisfait ta triſte vanité,
Et de tes jeux Romains l'infâme atrocité ?
Triomphe, Scipion, ſi les Dieux qui m'entendent
Accordent les faveurs que les mourants demandent,
Si, devançant les tems, le grand voile du ſort (*)
Se tire à nos regards au moment de la mort,
Je vois dans l'avenir Sophonisbe vengée,
Rome à ſon tour ſanglante, à ſon tour ſaccagée,
Expiant dans ſon ſang ſes triomphes affreux,
Et les fers & l'opprobre accablant tes neveux.
Je vois vingt Nations de toi-même ignorées,
Que le Nord vomira des Mers hyperborées ;
Dans votre indigne ſang vos Temples renverſés ;
Ces Temples qu'Annibal a du moins menacés ;
Tous les vils deſcendants des Catons, des Emiles
Aux fers des étrangers tendant des bras ſerviles ;
Ton Capitole en cendre, & tes Dieux pleins d'effroi
Détruits par des tyrans moins funeſtes que toi.
Avant que Rome tombe au gré de ma furie,
Va mourir oublié, chaſſé de ta patrie.

(*) C'étoit une opinion reçue.

Je meurs, mais dans la mienne ; & c'est en te bravant.
Le poison que j'ai pris agit trop lentement.
Ce fer que j'enfonçai dans le sein de ma femme (*)
Joint mon sang à son sang, mon ame à sa grande ame.
Va, je ne veux pas même un tombeau de tes mains.

SCIPION.

Mes amis, après tout, ils sont morts en Romains.
Qu'un pompeux Mausolée, honoré d'âge en âge,
Eternise leurs noms, leurs feux & leur courage ;
Et nous, en déplorant un destin si fatal,
Remplissons tout le nôtre, allons vers Annibal.
Que Rome soit ingrate, ou me rende justice ;
Triomphons de Carthage, & non de Massinisse.

(*) Il tire le poignard du sein de Sophonisbe, & tombe auprès d'elle.

Fin du cinquième & dernier Acte.

APPROBATION.

J'AI lu par ordre de Monseigneur le Chancelier, *Sopho-nisbe*, *Tragédie* ; & je crois qu'on peut en permettre l'impression. A Paris, ce 30 Avril 1770.

MARIN.

De l'Imprimerie de la Veuve SIMON, Imprimeur de S. A. S. Monseigneur le Prince de CONDÉ, rue des Mathurins, 1770.